KB116249

너는 나와 달라서

윤정란

경남 김해에서 태어나 진주에서 살고 있다.

1983년 《시조문학》 추천완료로 등단했으며, 시조집으로 『지금은 어떠
세요』 『뿌리가 이상하다』 『꽃물이 스며들어』 『푸른 별로 눈 뜬다면』,
시조선집으로 『너 참 잘났다』가 있다.

성파시조문학상, 경남시조문학상, 진주문학상 등을 수상했다.

minerva2101@hanmail.net

너는 나와 달라서

—

초판 1쇄 2023년 4월 25일
지은이 윤정란
펴낸이 김영재
펴낸곳 책만드는집

—

주소 서울 마포구 양화로3길 99, 4층 (04022)
전화 3142-1585·6
팩스 336-8908
전자우편 chaekjip@naver.com
출판등록 1994년 1월 13일 제10-927호
ⓒ 윤정란, 2023

—

—

ISBN 978-89-7944-832-0 (04810)
ISBN 978-89-7944-354-7 (세트)

책 만 드 는 집　시 인 선 2 1 6

너는 나와 달라서

윤정란 시조집

책만드는집

꽃들이 전하는 향기와
우리시가 전하는 향기가 같을 수 없겠지만
가슴에서 꽃피는 시조라면 좋겠다

2023년 봄
윤정란

| 차례 |

1부 매화

2부   저지르다

3부 　　씨앗은 남겨야지

4부　　외등

5부 택배

1부
매화

시조탑

이번 생은 호미로
시조탑 세워야지

비좁고 남루해도
맑은 혼이 깃들어

조금만 문을 열어도
세상 환히 웃는 꽃

매화

나
떨고 있니?
고추바람 건너와서

까풀막 끌어안고
밝히는 마음 하나

감감한
그대 창가에
별이 되고 싶어라

단풍

붉은 피다
절규다
그때나
지금이나

사랑도
노래도
한꺼번에 떠올라

이 가을 사르는 목숨
퍼마시는 독주다

양귀비

몰래
탐하지 마
독 묻은 환상일 뿐

네 혼을 빼먹는
마성에 걸려들면

지독한 사랑에 빠져
한 치 앞도
못 볼걸

남명매

세월을 잊은 게야
산천재의 남명매

우뚝 선 스승님이
오늘에 오신 듯이

성성자 톡톡 터트린
맑은 향기 맑은 혼

막대 선인장

회초린가
몽둥인가
천형을 걸머지고

한여름 버팅기는
세상의 기둥 하나

내 가슴 깊은 골짜기
핏물 드는 사랑아

땀

머리를 갉아먹는 생각을 베고 싶다

부처가 아닌 나는 해탈도 못 하지만

잡초와 맞짱을 뜨며 땀으로 맑아진다

새우잠

소태맛에 이골 난 구름 사이 달 뜨면

아파트 우뚝하니 아버지 보고 있다

보다가 땅을 되짚는 씨알 같은 새우잠

저녁노을

꿈꾸는 대기만성 파란만장 길에서

지천명 이순 넘어 허리 펴고 서보면

서툰 일 설운 날들도 노을 꽃이 되는구나

콩깍지

속 감춘 껍질인가
껍질 채운 알맹인가

동글동글 굴리다
홀랑 까먹고 마는

당신은 당신도 몰라
나도 나를 잘 몰라

낮은 소리

무슨 꿍꿍이들일까 모기만 한 것들이

언제 불쑥 덤빌지 아무도 모르지만

짓눌려 터지는 함성 하늘땅을 흔들걸

회초리

스스로 부끄러운 건
부족한 날 본다는 것

허튼짓 허튼 말로
하루가 아픈 밤에

그 누가 회초리 들고
나를 걱정할까요

다랭이 논

당신이나 나나 졸업장 없이 산 거야

산을 뜯어 햇살 넣고 파도에 노래 실은

백팔 층 다랭이 논이 백팔번뇌 사른 거야

파치

파치를 버려놓고 아프게 돌아본다

가끔은 바보같이 내 꾀에 내가 속아

파치가 되는 줄 몰라

버려지는 줄도 몰라

파란 거미

여기저기 오간다고 흉보지 마세요

한순간 헛디디면 천 길 낭떠러지라

허공에 목줄을 매단 파란 거미 아세요

풀

낮은 데 구석진 데 뿌리 감고 살았어도

돈 앞에 권력 앞에 무릎 꿇지 않았다

이 땅의 숨길 터주는 마중물이 되었다

풀잎 사랑

길을 가다가 밟혀
바람에 기대다 꺾여

줄기도 이파리도
뭉개져 흩어져도

죽은 듯 살아 멀쩡한
초록빛을 건넨다

살고 싶어요

감자를 캐는데 개미가 쏟아졌다

분노한 철거민들 광장에 몰려들듯

집 잃은 작은 목숨이 떼 지어 달려든다

탁탁

꽃숲에 드는 날은
허물마저 벗어놓고

털거나 털리거나
꽃 하나
가슴 하나

화창한 어느 봄날에
두 손 탁탁 터는 바람

헛것에 눈이 멀어

길을 가다 가끔씩 발을 헛디뎠다

밝을 때나 어두울 때 느닷없이 넘어졌다

자신을 돌아보지 않고 헛것에 눈이 멀어

대출

설마 했던 경매에 툭 떨어진 간이

은행 문 막아서는 하늘의 무게란다

사라진 보금자리가

못을 친다

피를 본다

하늘에 줄 긋다

배부르고 등 따시면 다 되는 줄 알았는데

무지개 꽃구름도 내 것이 아니라서

하늘에 줄 그어놓고 꽃대 밀어 올린다

2부

저지르다

벼랑가에서

바람 센 벼랑가의 소나무가 되라니
천 길 절벽에서 어쩌라는 것인지
발끝에 온 힘을 모아 하늘 받들고 섰네

그냥 확 뛰었으면 새가 되어 갔을까
천둥 번개 맞서다 꺾어지고 뒤틀려
좋은 게 좋다 하지만 옹이 깊이 박혔네

세상이 변하는데 기댈 언덕 하나 없이
잘못 든 길이라도 못 이룬 꿈이라도
괜찮아 다시 시작해 하늘 저리 푸른데

저지르다

그러므로 선택은 책임을 지는 거야
판도라의 상자를 남몰래 열어보고
수많은 탐욕의 손이 거미줄을 치는 거야

오늘은 꽃에 취해 훅 월담을 하고
옷을 벗던 그녀는 화들짝 타올랐다
누구는 삿대질하는 손가락을 잘랐다

해야 할 것과 하면 안 되는 것 앞에서
햇살이 깨를 볶는 사랑과 불륜 사이
마음은 늙는 게 아냐 쌓이면서 싹트는 것

노을 앞에서

뱃구레 그득하면 눈꺼풀 내려오듯
세상에 날 세우던 눈길도 부드러워
묻어둔 나를 꺼낸다 목소리 살아 있는

가끔씩 하늘 보고 동아줄 타령 하다
갈증이 타오르면 찬물로 타이르다
원석도 갈고 닦아야 명품으로 사는 것

모두 다 잘될 거라 내딛는 걸음마다
비바람 몰아쳐도 단전에 힘을 모아
또다시 나를 벼린다 붉은 노을 앞에서

하늘이 보고 있다

들개가 떼로 모여 닭장을 습격했다
우리가 뭘 어쨌다고 잠자다 물린 닭
구석에 처박혔다가 두 눈만 껌뻑인다

개한테 물리면 살아도 죽는다는데
들개는 똘똘 뭉쳐 입 닫고 사라지고
죽은 놈 죽을 놈끼리 뒤엉켜서 난리다

뺏고 빼앗기다 뒤통수치는 것이야
옛날이나 지금이나 흔한 일이라지만
우리가 뭘 어쨌다고 하늘이 보고 있다

햇살에 겨워

어떡해 고운 봄이 코피를 쏟았는데
진달래 속살을 먹었는지 먹였는지
아찔한 햇살에 겨워 그냥 눕고 말았는데

한 잎 따 먹으면 한 입 더 허기지는
붉은 진달래꽃도 바람을 잡지 못해
골짜기 바위벼랑에 새겨놓은 길인데

긴 세월 별을 쫓는 헛꿈도 꿈이라서
갈 길은 만 갈래 갈래마다 신기루라
어떡해 봄이 갑자기 코피를 쏟았는데

돌장승

그대 돌아가면 다시 오지 않을 텐데
한 번 더 보고 싶은 마음이 급해서
얼굴도 희미한 이름 소리쳐 불러본다

날마다 바라보며 서성대던 동구 밖
눈이 먼 벽수인가 귀만 세운 돌장승
사랑해 그 한마디는 전했을까 삼켰을까

날개옷

꿈꾸는 정장 한 벌 나를 보고 서 있다
부름을 받지 못해 먼지 훌훌 털면서
세상이 나를 몰라도 주름살은 펴준다

새하얀 구름일까 입술 깨문 나빌까
비껴간 햇빛이 돌아보지 않아도
더 높이 날기 위하여 담금질하고 있다

별 하나 앞세우고

흙 묻은 손가락이 새파랗게 눈 떴다
호미와 연필 사이 언어와 풀잎 사이
꽃대를 밀어 올리는 별 하나 앞세우고

언제쯤 단순하고 아이처럼 순수할까
타고난 품성대로 흙이 되고 물이 되어
맛있게 꿈꾸는 동안 달이 지고 해가 떴다

낡은 집에 살다

긴 장마 생솔 연기 콜록대던 외딴집
피땀으로 얼룩진 아버지 지게처럼
먹먹히 젖어들면서 가슴 풀어놓는다

늦게 만난 작은 집도 관절이 삭았는지
덧대고 색칠하고 막힌 데 뚫어주니
아닌 척 화색이 돌아 아랫목을 내준다

바람 숭숭 드는 몸도 정이 든 옛집 같아
오들오들 떠는 방에 불 넣고 허리 펴면
슬며시 이불을 덮는 바람도 따뜻하다

너는 나와 달라서

가만 들여다보면 하늘 감춘 두루마리
말들이 흘러넘쳐 흘리는 동틀 무렵
하나도 붙들지 못한 숨탄것의 목소리

그냥 사라질까 영감의 손 덥석 잡고
미명에 돋는 시어 마음 안에 가두면
파랑새 한 마리 들어 초장 물고 나온다

늦게 만나 끓는 피 달이는 새벽이면
그 하늘 풀어내는 사연도 갖가지라
한 그루 나무로 서서 초록 잎을 내민다

가면

누구는 얼굴에다 철판을 깔았는지
지은 죄도 모르고 부끄럼도 모른다
자기가 제일이라고 고개 들고 나선다

뭣이든 살아남아 웃는 게 강하다고
저 혼자 배부르면 살기 좋은 곳이라고
계산기 두들기면서 팔자걸음 뽐낸다

해맞이

흙 보고 알았다 정직한 게 삶이라고

땀 한 방울 없이 요행만 바랐으니

손 놓고 그냥 있어도 손잡을 줄 알았으니

제자리 넓혀가는 바랭이 초록 함성

들리는 그 순간에 가슴 여는 햇살에

두꺼운 옷을 벗으니 나비 살랑 오른다

저를 속인 길에서

개구리 한 마리가 우물 밖의 길을 간다
바람이 무등 태워 햇빛이 손을 잡아
왕방울 눈이 커지는 떴다방도 신기해

두 귀가 먹먹하고 배가 등에 붙어서야
비좁고 어둔 집이 그리움 될 줄이야
찬물에 별빛을 말아 꿈을 먹던 시간들

노리는 검은 손은 요리조리 피했지만
갈라진 발을 끌고 저를 속인 길을 찾다
달리는 승용차에 그만 별이 반짝 빛났다

그래도 날개

광장에서 보았다 소리 없는 절규를
그대 눈감은 사이 구둣발에 밟히다
광화문 사거리에서 먼지처럼 날린다

그 마음 불러내어 안아주고 싶었다
쫓기고 쫓는 발길 돌부리에 걸려서
마지막 던진 한마디 소낙비로 흐른다

눈 맑은 바람처럼 눈부신 햇살처럼
건물 기어오르는 외골수 개미처럼
젊음의 아픈 날개에 무지개를 매단다

살아보면 알 거야

늦었다 후회 말고 다시 시작해 보자
나이가 뭣이라고 마음은 초록인데
실수도 밑거름인걸 꽃이 그냥 피던가

사람이 살아보면 말 안 해도 알 거야
함부로 나섰다가 제 발에 넘어져도
부끄런 오늘을 씻고 내일 기대 건다네

버릴수록 엉기는 욕망도 곰삭혀서
담담한 눈빛으로 하늘을 바라보면
마음에 비바람 재운 해는 다시 뜬다네

형평탑을 읽다

신분이 미천하여 고개 들지 못했지만
비바람 눈보라에 터진 가슴 끌어안고
핏물로 벼린 칼에는 푸른 녹만 떨린다

수많은 난도질로 눈이 붉은 도축장 옆
귀 세운 쇠뜨기만 비린내에 찌들 뿐
무심코 바라본 나는 그냥 갈 수 없었다

평등을 외치지만 먼저 기운 저울대
때 묻은 형평탑이 흔들리는 하늘 아래
깃털이 빠지고 있는 백로들이 날고 있다

둥근 마음

칼을 시퍼렇게 갈아서는 안 되겠다
날이 너무 날카로워 목숨이 위태롭다
스스로 몸을 낮추면 베일 일도 없는데

낮추면 낮출수록 온몸이 낮아져
하늘도 올려 보고 발밑도 살펴보고
연분홍 웃음소리가 햇살처럼 벙글걸

3부

씨앗은 남겨야지

이팝꽃

애야 밥 먹자 소복소복 피어나는
어머니 목소리 봄볕으로 둘러놓고
이팝꽃 하얀 봉오리 고봉으로 웃는다

어지러운 하늘은 눈 감으면 그만인데
힘없이 주저앉아 일어설 수 없을 때
보리밥 고봉 한 그릇 이밥인 듯 나눠 먹자

별

길가의 돌멩이를 별이라 부르던가
빛을 내지 않으면 별이 될 수 없듯이
별 하나 가슴에 들어 꽃꿈을 꾸게 한다

나는 언제 누구의 별이 된 적 있었나
비웃고 무시하며 상처 주지 않았는지
마음의 별빛을 모아 네 눈이 되고 싶다

쇠비름

누가 몰래 버렸어도 몰래 숨어 살았어도
모두 다 내 꺼라는 저 억척 좀 보게
어린 날 꿈꾸던 자리 끝도 없이 펼치는

해마다 여름이면 초록 향이 되는 여자
불볕을 땀에 말아 겁도 없이 마셨다가
일사병 꼬꾸라진 하늘 끌어안고 일어서데

뽑히면 뽑힌 대로 밟히면 밟힌 대로
쫓겨난 산비탈에 불 밝힌 일가족들
바람에 잘린 젖가슴 별빛으로 꿰매데

바랭이

날마다 달아나는 널 만나기 위하여
넘어진 자리에서 버둥대다 밟혀도
햇살은 잡히지 않아 묶을 수도 없는데

시드는 바랭이에 별들이 내려오면
꺾어진 마디마다 잔뿌리 돋아나서
바닥을 차고 오르는 여린 손이 매섭다

잡초

손잡고 걸어가는 길가의 작은 풀도
구둣발에 밟히면 뿌리 감아올린다
한목숨 저당 잡혀서 천형을 살라내듯

밀리서 가까이서 살 베는 바람 소리
가자 함께 일어설 잊혀진 이름들아
가시도 오래 삭히면 꽃이 되어 웃겠지

어쩌누

나잇값 좀 하라고 나락이 수굿하네
칠랑팔랑 까불다 흘러내린 허리춤
엉덩이 드러내 놓고 발등 겨우 덮었네

어쩌누 이 바보야 어지간히 나서지
가만히 있었다면 먹칠은 면했을 걸
마스크 씌워놓아도 입술 자꾸 내미네

뭘 그리 잘 안다고 까봤자 쭉정이고
얼굴에 분칠한들 줏대 없는 피에로라
멀었네 어른 되기는 개 발에 편자일 뿐

씨앗은 남겨야지

몇 달이 지났는데 물 한 방울 못 마셨네
해는 부글거리고 바싹 마른 땅이라
뿌리가 오늘내일해 금세 타버릴 것 같아

씨앗 하나는 남겨둬야 할 텐데
여기서 끝낼 수 없잖아 아이들이 있는데
조각난 별빛이라도 꽉 물고 버텨야지

오늘도 땅을 판다 물은 꼭 나올 거야
그 많던 물줄기 어디에 숨어 있든
온 힘을 쏟고 쏟으면 다시 길이 열릴 테니

마음이 풀렸구나 소리 없이 비가 왔네
눈 떠봐 살 수 있어 살았어 살아야지
하늘이 무심하여도 다 알고 있는 거야

풀을 베다

싹둑싹둑 잘리는 풀이라 밟고 가도
살다 보면 꽃 필 날 한 번쯤 있을 텐데
무조건 들이대다가 뿌리까지 뽑힐라

때로는 날 선 마음 잘 삭혀 버무려서
세상의 길이 되는 희망을 노래하고
때로는 낫에 베인 채 적개심을 쌓는다

손발이 다 닳도록 허공에 새긴 이름
바람에 흘린 눈물 바람으로 닦아놓고
내 안의 초록 길 본다 해와 별이 숨 쉬는

햇빛 좋은 날

잡초를 제거하다 토막 낸 지렁이
아무렇지 않은 듯 나 변할지 몰라
갑자기 뜬금없는 말 소스라쳐 묻었다

흙 묻은 땀방울로 사과가 저리 붉고
뽑던 풀로 덮어준 햇빛 이리 좋은 날
팍 찍혀 토막이 난 건 다시 세울 꽃자리

꽃숲에서

짓무른 꽃잔치에 산과 들이 난장이다
햇살 먹고 물오른 바위도 붉어지고
길머리 집적거리다 접질리는 새소리

겁 없이 뛰어들어 헤살 놓는 바람 앞에
꽃도 풀도 나무도 참았던 말을 쏟아
목마른 그리움 한 채 허공에다 펼치네

말 못 한 사정이야 다 알고 있다는 듯
하나둘 저를 잊고 꽃물이 들 때까지
가던 길 먼저 보내고 나도 그만 난장이네

벚꽃

너에게 닿으려고 혼도 훌훌 태워버린
새하얀 종장처럼 날아드는 꽃잎들
하르르 날아올라서 눈의 눈을 열겠네

귀 막고 입 다문 기막힌 세월 건너
사랑이 아니었음 족쇄 어찌 풀었겠냐
해마다 햇살 풀어서 전하겠네 새봄을

겨울 개나리

성급한 살림살이 구석이 수상하다
샛노란 옷을 입고 출랑대던 초겨울
어긋난 세월의 바퀴 틈서리도 노랗다

몸으로 맞서보는 사정의 칼끝에도
봄이 온다는 말 새겨보는 아픈 저녁
찢어진 옷섶 여미며 걸어가는 사람아

얼음새꽃

늙은 전기장판으로 겨울을 견디는지
보이는 것 들리는 것 누더기로 누르고
찬물로 세수하면서 미리 먹는 봄이다

그리움도 짓물러 노란 꽃이 되는가
볕 한 올 들지 않는 쪽방에 숨어들어
얼어서 터진 몸으로 불러보는 어머니

해토머리

가는 길이 갑자기 돌부리에 걸렸다
등을 밀던 바람도 발목이 꺾였는지
외로운 한생을 접자 링거 줄도 깜박인다

햇빛이 반짝이면 반짝이는 눈물방울
일어서면 도로 바닥 부글대는 해토머리
들녘은 꽃샘바람에 몸살을 앓고 있다

잡을수록 멀어지는 버릴 수도 없는 꿈을
생각하면 눈물이라 가슴 졸인 길이라도
살과 피 모두 녹여서 씨앗 품어 올린다

초록 함성

장마가 계속된다 이끼가 번져간다
밟히고 자빠져도 하늘을 올려 보며
이주민 이상한 셈법 깃발 들고 나온다

다문화 수난의 길 바람을 살라 먹고
먹물 번진 밤에는 고향 별빛 찍어 먹고
살아서 부르는 노래 헛뿌리도 뻗는다

이끼가 번져간다 장마가 계속된다
다 함께 손을 잡고 이름도 불러가며
뼛속에 고인 눈물이 초록으로 터진다

밥맛도 몰라

나락을 갈아엎자 낱낱이 돌이 되어
퍼질러 통곡하는 뒤통수를 때린다
으깨진 논바닥에서 피눈물이 솟는다

입맛 다른 세상의 변두리로 밀려나
보름달 밥상 대신 피자 조각 씹을 때
까칠한 모래알 사이 또 바람이 출렁한다

4부

외등

외등

다 늙은 어머니가 골목길을 밝히네

가는 목 쭉 뻗어서 어둠을 지워가며

아직도 오지 않는 이 기다리며 서 있네

보고 싶다 빨리 오라 채근하지 않아도

차마 너를 두고 잠들 수 없다면서

붉은 눈 글썽거리며 밤을 지켜 서 있네

가족

꽃길도
가시 길도
함께 가야 되는 세상

손도 잡고
등도 밀며
한생을 건너간다

첫 마음 변함없으면
벼랑인들 어떨까

온전한 믿음으로
꿈꾸며 쉬는 자리

곁에서도
멀리서도

사랑해
또 사랑해

기꺼이 풀고 감기는
달콤한 햇살이다

글쎄요

집 없는 산비둘기
빙빙 도는 사거리

어쩌다 여기 왔니
무슨 죄를 지었니

깃발 든 포클레인이
산을 밀어버렸어

갑자기
기별 없이
퇴출당한 백수라니

나를 돌아보다
문득 깨친 화두 하나

영원한 내 것은 없다
잠시 잠깐 누릴 뿐

자유를 보다

버림받은 개들이
길에서 킁킁댄다

밥은 먹고 다니니
무섭지는 않더냐

까짓것 견딜 만해요
해와 달을 보니까

해와 달을 본다고
목줄 없어 좋다고

생각을 바꾸려다
내 목을 만져본다

해와 달 하늘 저 멀리
별자리를 살피다

일회용

가마솥만 믿다가 실업자 되었구나
입맛 없고 바빠서 시간을 쪼개 먹다
일인용 전기밥솥도 다이어트 중이다

간편식 배달 음식 총알처럼 달려와
시큰둥한 살림살이 손전화에 절할 때
삭막한 식탁 위에는 무표정한 얼굴뿐

어머니 사랑으로 보름달이 떠올라
보리밥 된장이면 산도 강도 넘었는데
일회용 쓰레기들이 거리마다 넘친다

글썽글썽

산비둘기 떼 지어 과수원을 덮치네

집 뺏긴 화풀이를 나무에게 하는지

철조망 넘나들면서 열매들을 탐하네

열매 콕콕 쪼아 먹다 아프지 나도 아파

피눈물 흘려놓고 노란 허기 풀어놓고

불안에 쫓기는 비둘기 하늘도 불면이다

별빛 읽기

거미줄 드리워진 외딴집 툇마루
별까지 내려와서 이름을 부르는데
어쩌나 할머니 혼자 누워 있는 아랫목

살며시 방문 여는 귀뚜라미 한 마리가
밥은 좀 드셨을까 이마도 짚어보고
별빛에 달빛을 감아 노래를 불러준다

마당가 쑥부쟁이 기웃대는 길고양이
지친 몸 끌고 와서 귀 높이 세워놓고
뒤늦게 뛰어온 바람도 엉거주춤 살핀다

접붙이다

잘린 두 다리에 의족을 붙이고
아무렇지 않게 세상으로 나갔다
시커먼 울음덩어리 문고리에 걸어놓고

접붙인 가지에서 고개 드는 새순처럼
짓무른 생채기에 뜨거운 눈물 쏟아
끊어진 징검다리가 무지개를 놓는다

기막힌 사연이야 글로 다 못 적어도
잔잔한 강물 아래 얼비치는 돌멩이
겁 없는 어린 새들은 바람 차고 오른다

문풍지 사이로

들녘이 들썩인다 드디어 봄이다
모양도 색도 다른 풀들이 일어서서
이름을 부르나 보다 바람 저리 부는데

바람을 잡기까지 얼마나 걸리더냐
삼동을 건너가는 문풍지 사이로
먼 하늘 휘감고 왔을 새들의 노랫소리

서둘러 밀어 올린 땅 밑의 봄빛인가
왁자한 햇빛 따라 화들짝 눈뜬 날은
어머니 굽은 등허리 비스듬히 읽는다

호미

한글을 배우실까
호미가 신이 났다

하늘 말씀 수놓는
어깨도 수굿한데

등줄기 타는 소금꽃
햇살처럼 부시다

잡초를 뽑아내는
터진 손도 길이라서

수십 년 읽고 쓰다
흙이 다 되어가는

은유의 구중궁궐이
가슴 안에 열렸나

손 터는 가을

잘 여문 열매까지 덤으로 넘긴 가을
구멍 난 가슴팍에 하늘을 구겨 넣자
쌓이는 독촉장마저 벌겋게 입 벌리고

꽃놀이 단풍놀이 신나는 뒤풀이도
마지막 버스처럼 깊숙이 떨다 가면
다리가 후들거리는 들녘도 요동친다

한길만 길이라는 옹고집이 살아서
허기진 마음에다 무엇을 심을거나
풀물 밴 신토불이가 바람처럼 떠돌 때

이름을 쓰다

길 잃은 할머니가 골목을 돌고 돈다

집이 어디세요
이름은 무엇이고

무서워
아무것도 몰라
엄마 찾아 나왔어

무서워 나왔다고
무척 외로웠구나

지문을 찍으려다
눈에 든 얼굴 하나

이름을 하루에 한 번 거울에 써야겠다

마음에 수를 놓고

코로나 사라지면 얼굴 보자 했었다
밥 먹고 차 마시고 수다도 떨면서
소소한 일상의 행복 함께하고 싶었다

월아산 해돋이 봄이 익는 비봉산
하늘땅 어디라도 마음을 수놓지만
아직은 자가격리 중 금빛 날개 만드는 중

가을 시편

햇살이 맑아졌다 바람도 찰랑찰랑
흙이 들어 올린 땀방울의 노래다
감나무 가지 사이로 둥실 오른 보름달

꿀꺽 삼킨 보름달이 가슴 친 시가 되어
날마다 날고 싶은 날개 하나 돋으면
오늘의 주인공이다 세상 두루 밝히는

외로운 길이라도 마음 문 열어두면
멀어진 당신도 기꺼이 돌아와서
내 삶의 명작이 되어 나도 둥실 밝겠다

종소리

굳은 무릎 펴면서 다시 서는 이 땅에
봄은 찾아왔지만 봄은 볼 수가 없고
바닥에 엎드려서야 겨우 듣는 숨소리

진창에 빠진 날들 강물에 씻어봐도
얼룩은 얼룩일 뿐 지워지지 않아서
평화의 소녀상 너머 할머니를 부른다

부르고 또 불러도 뼈아픈 이름들은
코 없는 고무신 신고 앞으로 나가는 길
잊지 마 노란 개나리 벽을 치는 종소리

논개바위

가슴에 흐르는 강 지울 수가 없어서
남강을 지켜온 바위 받들어 모시고
바람이 치대온 세월 닳아 더욱 슬프다

물속에 든 이는 일어나지 않는데
수만의 입에 갇혀 살점 다 뜯기는데
강물은 목이 메어서 벼랑 끝을 감싼다

무심한 백로들 서성이는 대나무
말없이 강물에다 버릴 수가 없어서
그 말씀 바위에 돋는 별빛으로 대낀다

해와 달 변함없이 다가와 다독이듯
세상에 눈감았던 둥근 입이 열리면
긴 세월 젖어 아픈 바위 은하수를 넘겠다

5부
택배

택배

햅쌀에 햇살 담아 나까지 보냈으니
힘들 때 쌀밥 먹고 어깨 펴고 서보자
한겨울 절벽에서도 길이 되는 솔처럼

눈앞이 캄캄할 땐 잠시 눈 감았다가
한 발 두 발 가다 보면 동녘에 닿으려니
지하 방 스친 햇살에 아파트도 옮기며

시린 몸에 싹 틔울 새파란 꿈을 모아
상처 난 햇살도 올올이 엮어가면
이른 봄 매화 벙글듯 해의 손을 잡겠네

호박죽

달콤한 햇살을 보글보글 끓여놓고
마당가 참새 소리 운율로 흘려두고
잘 익은 늙은 호박이 그리움을 먹는다

바람이 몰아쳐도 하얀 별 띄워놓고
외로운 마음들이 하늘가에 앉아서
어머니 사랑이 넘친 보름달을 먹는다

오늘도 흐림

강물에 한쪽 발을 넣었다 들었다가
진양호 둠벙 안에 터 잡은 버들같이
죽어도 떠날 수 없다 버티는 삶이 있다

난전에서 셋방에서 수십 년을 기었는데
재개발 미명 아래 또다시 쫓아내면
어떻게 먹고살라고 문드러진 손발로

서너 달 삿대질로 서너 달은 오기로
밥솥 하나 못 옮길 악다구니 앞에서
그 누가 돌을 던지랴 몰려오는 먹구름

소복소복

엄마는 저쪽서도 밥그릇을 챙기나
밥 먹었니 밥 먹자 날마다 재우친다
바람과 바람 사이에 햇살 밥 담아놓고

내 가슴 안에도 밥그릇이 생겼다
온 세상 배부르게 시 밥을 지어놓고
대물린 밥그릇 하나 소복소복 퍼준다

아침밥을 짓다가

아침밥을 짓다가 황소 울음 듣는다
쌀알의 지문 속에 배어 있는 땀방울
아버지 평생이 깃든 그 사랑을 먹는다

껍데기만 남기고 속살 다 내어주듯
밥이다 하늘이다 가슴 치는 돌이다가
문명의 행간에 몰려 꿈틀대는 꿈 하나

자기를 세우려고 앞에 나선 적 없이
또 다른 삶을 위해 길을 튼 순수 앞에
오늘도 머리 숙이고 늙은 귀를 늘인다

그 줄에 묻다

그때는 송아지가 샛노란 희망이었다
앞산을 뛰어넘는 진학에 대한 약속
어머니 잔소리에도 책을 놓지 못했다

쑥쑥 크는 송아지는 오빠들의 등록금
끌려가는 울음에 눈물 콧물 훔치던
팽팽한 줄의 고집은 또아리를 틀었다

산마을 아이들은 도시로 빨려 가고
눈치 살피던 나도 시인이 되었지만
어미 소 울음만 남아 날 선 바람에 대낀다

시조도 길이 있어

좋은 일이 있으면 나쁜 일도 생기고

사랑에 눈이 멀면 미움 먼저 나서서

속 끓는 사람살이를 벗어나지 못하네

시조도 길이 있어 담금질 계속해야

향기가 우러나는 마음에 스며들어

한생이 빛을 내뿜는 혼의 집을 짓겠네

벅수야

저 벅수는 툭 차도 제자리만 지킨다
부처가 되라고 손 모으는 가을 햇살
마음이 단풍 물 들어 활활 타는 산과 들

이 벅수는 날마다 거울을 닦고 있다
때 묻은 살비듬이 바람에 흩어져도
기막힌 외골수 사랑 뼈마디가 녹는다

시작하기 좋은 날

뭘 다시 하겠는가 힘없고 지쳤는데
늦었다 생각할 때 시작하면 된다지만
서럽게 견뎌온 세월 견뎌야 할 것들아

마음을 바꿔보니 미소 절로 피더나
살아 좋다는 세상 살아야 할 시간 앞에
무심히 바라만 보는 나무 아래 서본다

굴렁쇠 하늘

봄은 어느새 우리 곁을 비껴가고
짓무른 그리움만 허공에 떠올라서
새로운 세상을 향해 꽃씨를 심고 있네

코로나 괴질 앞에 숙여들 이 하나 없이
막아서면 도로 역습 첩첩 싸인 안개 너머
세월은 굴렁쇠 하늘 사정없이 굴러간다

갈수록 불안한 길 버리고 싶던 날도
지나보면 꿈같은 것 뜨거운 이 목마름
그대여 저 산 너머로 해맞이하러 가자

마음자리

바람이 도는 허공 새들은 길을 내고
밤에는 달과 별이 그리움을 먹는다
그리운 그대 얼굴도 은하수를 맴돈다

날마다 너를 보며 나를 찾아 나선다
천둥 번개 비바람에 흩어진 꿈을 모아
햇빛이 스칠 때마다 소스라쳐 피는 꽃

햇빛에도 눈물이 있는 줄 알았다면
가끔씩 가슴 치는 그 눈물 곰삭혀서
향기로 전해줄 텐데 마음자리 환한 꽃

쪽잠

주눅이 들수록 어깨가 굽어진다
토막 낸 잠이라도 새벽의 사람들은
머리를 하늘에 묻고 꿀잠 털고 나선다

얼마나 오랜 날을 견뎌야 하는 건지
발 부은 알바 시간 컵밥으로 달래놓고
끝없이 뛰어보지만 제자리만 맴돌 뿐

뼈 시린 어디쯤에 해가 숨어 있는지
끙끙 앓는 무릎 달래 이 악물고 일어서면
날 세운 낯선 바람도 길이 되어주겠지

첨성대

예부터 자란 별이 자리 잡고 있을 거야
눈이 다 멀도록 하늘 보던 창을 열면
첨성대 불쑥 나타나 별을 보내줄 거야

가슴 안 외론 길이 바람에 흔들려도
그 옛날 꽃을 피운 별들이 나타나서
온 세상 하나가 되는 천년 길을 열 거야

길 가듯 길을 찾듯

바람도 움찔하는 찬물을 거스르며

실낱같은 햇살 물고 길 가듯 길을 찾듯

청동빛 고운 꿈 하나 얼음 날에 벼린다

갈대숲 언저리에 붉은 혀 뱉어놓고

하늘에 닿고 싶어 뼛속까지 비우다

물소리 무거워지는 살과 피도 버린다

대놓고 나오네

대놓고 나오네 겁도 없이 법도 없이
밝거나 어둡거나 뜨거운 가슴으로
무거운 하늘을 들고 한사코 일어서네

떨리는 손끝으로 못내 아픈 이름으로
잊어버린 꿈인지 잃어버린 별인지
새롭게 푸르러져서 거침없이 나오네

햇빛의 눈짓인가 바람의 손짓인가
속에서 끓던 피가 눈 감고 돌았는지
미쳐서 뛰쳐나오네 대명천지 흔드네

폐허의 시대를 살아가게 하는
높고 깊은 성찰의 시선

유성호 문학평론가·한양대학교 국문과 교수

1. 서정적 동일성의 원리를 통한 개성적 정형 미학

윤정란의 새로운 시조집 『너는 나와 달라서』에는 시인의 절실한 경험과 기억은 물론, 그녀가 사랑하고 그리워하는 대상의 고유한 형상들이 풍요롭게 출현하고 있다. 단정한 정형 양식에 담긴 서정적 동일성의 원리는 대상을 향한 시인의 한없는 매혹을 가능하게 하면서, 우리로 하여금 윤정란 시인이 가진 서정의 깊이를 한껏 느끼게끔 해준다. 아닌 게 아니라 시인은 자신만의 건강하고 투명한 대지적 상상력과 그에 수반되는 견고한 정형 미학을 완미하게 구현하면서 '시조時調'라는 함축과 절제의 언어예술을 천천히 완성해 간다. 짧은 언어 형식을 통해 남다른 세계를 개진하려는 그녀의 이러한 의지는 정형 미학에 대한 애정을 지키면서 삶의 위의威儀를 정공법으로 구축해 가게끔 해준다. 그 점에서 윤정란의 시조 미학은 사물이나 상황에 대한 점착력 있는 관심과 시인으로서의 자의식을 결속하면서 인간 존재의 심층을 개성적으로 드러낸 세계라고 할 수 있을 것이다. 또한 그녀는 정형 양식의 아름다움을 최대한 누리면서도 정서적 활달함으로 그것을 순간순간 넘어서는 언어적 역동성도 함께 보여주는데, 이 모든 것이 윤정란 시조의 커다란 미학적 기둥이 되고 있는 셈이다. 이제 그 세계 안으로 한 걸음씩 들어가 보도록 하자.

2. 회복과 초월의 미학적 정점

먼저 윤정란 시인은 자연 사물의 물성物性과 초월성을 끌어들여 지상에서 펼쳐지는 아름다운 생에 대해 노래하고 있다. 그 가운데 총총 빛나는 '별'의 세계에 가장 먼저 가닿고 있다. 물론 우리 시대는 가없는 하늘에서 순진하고 낭만적인 천체 미학을 구하기 어려운 상황에 놓여 있다. 옛 낭만주의 시인들은 '별'을 양도할 수 없는 성소聖所로 묘사하고 별빛을 통해 신성神聖을 경험하기도 했지만, 우리 시대의 시인들은 하늘 아래서 힘겹게 살아가는 이들의 삶을 외면하기 어렵기 때문일 것이다. 이처럼 숭고함으로서의 자연미가 사라지고 자연과의 순수한 낭만적 교감의 가능성도 엷어진 시대에, 윤정란 시인은 자연 친화적 상상력을 통해 '별'의 아름다움을 다시 불러내고 있다. 바슐라르G. Bachelard는 "이미지 생성은 인간 존재의 근본적 움직임인 역동적 상상력에 의해서 이루어진다"라고 했는데, 윤정란 시인은 바로 이러한 상상력을 통해 새로운 환상적 창조물인 '별'을 노래하고 있는 것이다.

길가의 돌멩이를 별이라 부르던가
빛을 내지 않으면 별이 될 수 없듯이
별 하나 가슴에 들어 꽃꿈을 꾸게 한다

나는 언제 누구의 별이 된 적 있었나
비웃고 무시하며 상처 주지 않았는지
마음의 별빛을 모아 네 눈이 되고 싶다
　－「별」 전문

한낱 "길가의 돌멩이"도 '별'이 되어 누군가의 가슴에 꽃꿈을 꾸게 할 수 있을 것이라고 시인은 사유한다. 물론 "빛을 내지 않으면 별이 될 수 없"지만, 시인으로서는 살아오는 동안 누군가에게 상처를 주지는 않았는지, 그네들에게 별이 된 적은 있었는지를 스스로에게 되물음으로써 그러한 반성적 사유에 더욱 깊이를 부여해 간다. 마침내 윤정란 시인은 "마음의 별빛을 모아 네 눈이 되고 싶다"라는 소망을 피력하면서, 그 간절하고 진솔한 소망이야말로 "이 땅의 숨길 터주는 마중물"(「풀」)이 되고자 하는 마음이며 "어린 날 꿈꾸던 자리 끝도 없이 펼치는"(「쇠비름」) 순간을 되불러 오는 것임을 노래한다. 누군가에게 빛이 되고자 했던 시인의 오랜 꿈이 이로써 우리에게 진정성 있게 전해지고 있다. 다음은 어떠한가.

흙 묻은 손가락이 새파랗게 눈 떴다
호미와 연필 사이 언어와 풀잎 사이
꽃대를 밀어 올리는 별 하나 앞세우고

언제쯤 단순하고 아이처럼 순수할까

타고난 품성대로 흙이 되고 물이 되어
맛있게 꿈꾸는 동안 달이 지고 해가 떴다
　－「별 하나 앞세우고」전문

　이번에는 소망의 결정結晶인 '별'의 심상을 앞세우고
세상을 개진해 가려는 의지가 토로된다. 그 별은 다름 아
닌 "흙 묻은 손가락"으로 떠 있는데, 순결한 대지의 노동
이 "호미와 연필 사이" 그리고 "언어와 풀잎 사이"에 새파
란 눈을 뜬 별로 뜨게 한 것이다. 그렇게 "꽃대를 밀어 올
리는 별 하나 앞세우고" 걸어가는 마음이야말로 가장 든
든하고 은은한 삶의 배경일 것이다. 그래서 시인은 "단순
하고 아이처럼 순수"한 차원을 회복하면서 "타고난 품성
대로 흙이 되고 물이 되어" 살아가고자 한다. 그러한 꿈
의 연쇄 속에서 어김없이 달은 지고 해는 뜬다. 이처럼
윤정란 시인은 "흙 보고 알았다 정직한 게 삶"(「해맞이」)
이라는 깨달음과 함께 그 흙이 곧 자신이 상상하는 별과
등가임을 고백하면서 "더 높이 날기 위하여 담금질하고
있"(「날개옷」)는 것이다.
　이처럼 윤정란 시조에 등장하는 천체 사물은 자연적 물
성 그 자체로 현현하지 않는다. 그것들은 한결같이 인간

의 삶과 정서를 반영하는 일종의 우의적寓意的 상관물로 나타나고 있으며, 지상에서 삶을 영위하는 인간의 형상을 함축하고 있다. 윤정란은 인간과 자연이 분리되어 있지 않고, 인간과 자연 사이에 밀도 있는 상상적 소통이 가능하다고 믿는 시인이다. 그 점에서 윤정란의 이번 시조집은 자연과 인간, 하늘과 지상 사이의 친화 과정을 에둘러 암시하는 '별'의 심상을 통해 근원적 차원을 회복하고 더 순수한 차원으로 초월하려는 마음을 아름답게 담아낸 미학적 정점으로 훤칠하게 다가오고 있다 할 것이다.

3. 존재론적 기원을 향한 상상적 역류逆流 과정

대체로 시인들은 특별한 경험을 통해 자신의 삶을 반성하기도 하고, 새로운 세계에 대한 예지적 경험을 당겨오기도 한다. 윤정란의 이번 시조집은 대상을 향한 그리움을 가진 채 씌었으며, 우리는 그 안에서 존재론적 '기원 origin'으로 끊임없이 회귀하려는 시인 자신의 열망을 만나게 된다. 그래서 가없는 그리움의 대상들은 시인의 가장 원형적인 상像을 담아내는 '기원'으로 기능하게 되는 것이다. 윤정란 시인은 그 아름다운 이름을 일일이 호명

하고 소환하면서 자신의 시조를 써가는데, 특별히 부모
님의 삶과 그 잔상殘像은 지금도 그녀의 삶을 떠받쳐 주는
핵심 자양이 되어준다. 그분들과의 깊은 교감 속에서 이
루어지는 사랑과 그리움의 몫은 이번 시조집의 시간예술
로서의 속성을 더없이 선명하게 입증해 주고 있다. 우리
가 보기에 그러한 부모님을 향한 상상적 역류 과정은 어
떤 연대기적 서사보다도 더욱 삶의 진정성을 잘 알게끔
해주는 상상력의 첨예한 운동이 아닐 수 없다.

아침밥을 짓다가 황소 울음 듣는다
쌀알의 지문 속에 배어 있는 땀방울
아버지 평생이 깃든 그 사랑을 먹는다

껍데기만 남기고 속살 다 내어주듯
밥이다 하늘이다 가슴 치는 돌이다가
문명의 행간에 몰려 꿈틀대는 꿈 하나

자기를 세우려고 앞에 나선 적 없이
또 다른 삶을 위해 길을 튼 순수 앞에
오늘도 머리 숙이고 늙은 귀를 늘인다

－「아침밥을 짓다가」전문

시인은 아침밥을 짓다가 아버지의 땀방울이 알알이 밴 "쌀알의 지문"에서 "황소 울음"을 듣는다. 아마도 쌀알은 "아버지 평생이 깃든 그 사랑"이었을 것이다. 아침밥을 먹으면서 되새기는 그분의 오랜 노동과 땀의 가치를 떠올린 시인은, 아버지께서 "껍데기만 남기고 속살 다 내어주"시거나 "자기를 세우려고 앞에 나선 적 없이" 사셨다는 것을 증언한다. 그렇게 "또 다른 삶을 위해 길을 튼 순수"로 사셨던 그분의 생애야말로 때로는 '밥'이다가 '하늘'이다가 결국은 "가슴 치는 돌"이기도 했을 것이다. "문명의 행간에 몰려 꿈틀대는 꿈 하나"를 지닌 채 살아가셨던 생애 앞에서 시인은 "오늘도 머리 숙이고 늙은 귀를 늘"여갈 뿐이다. 그렇게 아침밥을 짓다가 비로소 아버지를 만난 시인은 "피땀으로 얼룩진 아버지 지게처럼"(「낡은 집에 살다」) 남은 자신의 시간 앞에 경건하고 살가운 공경을 보내고 있다. 어쩌면 그녀에게 '아버지'와 '쌀알'과 '아침밥'은 모두 등가의 속살을 지닌 존재자였을지도 모른다.

애야 밥 먹자 소복소복 피어나는
어머니 목소리 봄볕으로 둘러놓고
이팝꽃 하얀 봉오리 고봉으로 웃는다

어지러운 하늘은 눈 감으면 그만인데
힘없이 주저앉아 일어설 수 없을 때
보리밥 고봉 한 그릇 이밥인 듯 나눠 먹자
    −「이팝꽃」전문

　이번에는 '어머니'다. 이팝꽃의 물리적 형상을 통해 어머니를 환기한 시인은 "애야 밥 먹자" 하시던 그분의 목소리를 봄볕 환청으로 듣는다. 그렇게 소복소복 피어난 "어머니 목소리"는 "이팝꽃 하얀 봉오리 고봉으로 웃"으면서 언제나 "바람과 바람 사이에 햇살 밥 담아놓고"(「소복소복」) 계셨을 것이다. 시인도 그분의 딸답게 "힘없이 주저앉아 일어설 수 없을 때" 바로 "보리밥 고봉 한 그릇"을 "이밥인 듯 나눠 먹자"고 우리에게 권하고 있다. 자연스럽게 "어머니 사랑이 넘친 보름달을 먹는"(「호박죽」) 순간이 찾아오고 "어머니 굽은 등허리 비스듬히 읽는"(「문풍지 사이로」) 순간도 아름답게 번져가고 있지 않은가. 그리고 그 아래로 애잔한 기운도 함께 흐르고 있지 않은가.

이처럼 윤정란 시인은 자신의 존재론적 기원인 부모님의 삶을 통해 자신의 가족사적 구체성을 복원해 간다. 그리고 그것을 반영하는 발화를 초월과 암시의 원리로 수행해 간다. 성숙한 생략의 미학을 주음主音으로 구현해 가는 그 나름의 완결성을 지속적으로 보여주면서 시인은 특별히 '밥'의 생리와 형상을 오래도록 관찰하고 담아내는 고유한 창작 과정을 통해 스스로의 농경적 경험을 우리 시대에 각인하고 있다. '말하지 않음'으로써 의미 과잉을 역설적으로 경계하는 이러한 그녀의 언어는, 우리 시조가 추구하고 실현해야 할 '시적인 것'의 영역을 확장하고 심화하는 데 크게 기여할 것이다.

4. 생의 가파름을 견디고 넘어서는 결기와 의지

나아가 윤정란 시인은 사물에 대한 지극한 관조와 그것의 감각적 재현 그리고 그것을 인생론적 정점으로 유추해 내는 상상력의 연쇄 과정을 보여준다. 시조만의 형식 미학을 최대한 살려 이러한 공정을 하나하나 성취해 간다. 함축과 긴장과 생략의 방법을 통해 적지 않은 분량과 밀도를 비워냄으로써 그녀의 시조는 단형 서정의 한 극점을 이루어간 것이다. 따라서 그녀의 시조를 읽는 이들은 그 비워진 터에 자신의 경험과 기억을 풀어 넣어 행간에 숨겨진 서사를 은밀하게 재구성해야 한다. 아닌 게 아니라 그녀의 시조는 의미를 설명하는 쪽이 아니라 의미를 응축하는 쪽에 서 있고, 세계내적 존재로서의 인간이 가지는 삶의 마디들을 일일이 설명하지 않고 생략과 함축의 미학을 통해 상상적 참여의 기능을 열어놓고 있기 때문이다. 그러한 원리에 의해 단단하게 함축된 그녀의 작품들은, 생의 가파름을 견디고 넘어서는 결기와 의지를 그녀에게 충실하게 허락하고 있는 것이다.

바람 센 벼랑가의 소나무가 되라니
천 길 절벽에서 어쩌라는 것인지
발끝에 온 힘을 모아 하늘 받들고 섰네

그냥 확 뛰었으면 새가 되어 갔을까
천둥 번개 맞서다 꺾어지고 뒤틀려
좋은 게 좋다 하지만 옹이 깊이 박혔네

세상이 변하는데 기댈 언덕 하나 없이
잘못 든 길이라도 못 이룬 꿈이라도
괜찮아 다시 시작해 하늘 저리 푸른데
　－「벼랑가에서」전문

　"바람 센 벼랑가"라는 은유는 삶의 가파른 위난危難 형세를 함축하는 표현일 것이다. 때로 "강물은 목이 메어서 벼랑 끝을 감싼다"(「논개바위」)지만, 그 벼랑가에 선 '소나무'가 되라는 권면을 시인은 "천 길 절벽에서 어쩌라는 것인지"라고 받아들인다. 그러나 시인은 "발끝에 온 힘을 모아 하늘 받들고" 서 있는 소나무로 자신의 몸을 바꾼다. "그냥 확 뛰었으면 새가 되어 갔을까" 하고 상상도 해보지만, 비상의 꿈도 접고 우뚝 선 채 "천둥 번개 맞서다 꺾어지고 뒤틀려" 있으면서도 "옹이 깊이 박"힌 강인한 형상을 하고 있는 것이다. 아무리 세상이 변해도 소나무는 "기댈 언덕"으로 존재하면서 "잘못 든 길이라도 못 이룬 꿈이라도" 다시 시작하라고 누군가를 치유하는 몫을 수행해 갈 것이다. "괜찮아 다시 시작해 하늘 저리 푸른데"라는 녹소리는 그 내 벼랑가에서 들려오는 기장 깊은 위안의 청정음일 것이다. 이처럼 벼랑가에서 자신만의 고독하고 정결한 형상으로 서 있는 소나무는 "세상의 길이 되는 희망을 노래하"(「풀을 베다」)면서 "먼 하늘 휘감고 왔을 새들의 노랫소리"(「문풍지 사이로」)까지 묵묵하게 듣고 있을 것이다. "하늘에 닿고 싶어 뼛속까지 비"(「길 가듯 길을 찾듯」)운 그 모습을 바라보면서 우리도 "첫 마음 변함없으면/ 벼랑인들 어떨까"(「가족」) 하고 감동 어린 공감을 보낼 수밖에 없지 않겠는가.

몇 달이 지났는데 물 한 방울 못 마셨네
해는 부글거리고 바싹 마른 땅이라
뿌리가 오늘내일해 금세 타버릴 것 같아

씨앗 하나는 남겨둬야 할 텐데
여기서 끝낼 수 없잖아 아이들이 있는데
조각난 별빛이라도 꽉 물고 버텨야지

오늘도 땅을 판다 물은 꼭 나올 거야
그 많던 물줄기 어디에 숨어 있든
온 힘을 쏟고 쏟으면 다시 길이 열릴 테니

마음이 풀렸구나 소리 없이 비가 왔네
눈 떠봐 살 수 있어 살았어 살아야지
하늘이 무심하여도 다 알고 있는 거야
　－「씨앗은 남겨야지」 전문

　농사일을 가장 신성하고 숭고하게 여기는 시인에게
'씨앗'을 남기는 것은 가장 근원적인 실천이 되고도 남
음이 있다. 그러니 시인으로서는 "씨앗은 남겨야지" 하
는 소망을 확연하게 기록할 수 있었을 것이다. 비록 몇 달
씩 물 한 방울 못 마시고, 타오르는 태양과 바싹 마른 땅
에서 뿌리가 금세 타버릴 것 같아도, 시인의 "씨앗 하나
는 남겨"두어야 한다는 믿음은 사라지질 않는다. "조각난
별빛이라도 꽉 물고 버텨야" 한다는 절명의 다짐은 어느
새 땅을 파면 물은 반드시 나온다는 믿음으로 이어져 간
다. 그렇게 시인은 여러 물줄기가 길을 트는 순간을 대망
한다. 마침내 하늘 마음이 풀려 비가 내리면 시인은 "살았
어 살아야지" 하면서 씨앗 하나를 남겨두려 했던 자신의
마음을 다시 한번 살갑게 회상할 것이다. 그만큼 '시인 윤
성란'은 내지의 심성과 그것을 키워가는 씨앗의 상상력
을 자신의 깊은 수원水源에 두고 있다. 그 심층에 뿌려진

씨앗이야말로 "잡초와 맞짱을 뜨며 땀으로 맑아진"(「땀」) 시간을 지나 "온 세상 하나가 되는 천년 길"(「첨성대」)을 만들어가면서 "꽃도 풀도 나무도 참았던 말을 쏟아"(「꽃 숲에서」)내는 순간을 찬연하게 가져올 것이다.

이처럼 윤정란 시인은 비非언어적 마음을 통해 가장 근원적인 '벼랑'과 '씨앗'의 심상을 자신의 시조 저류底流에 불러온다. 이러한 방식을 택하면서 그녀는 언어를 통해 사물의 본질에 다가가되 언어가 명료하게 드러낼 수 있는 범위의 한계를 훌쩍 벗어난다. 여기서도 우리는 사물에 귀 기울이는 시인의 모습을 정성스럽게 만나게 된다. 그녀는 시조의 언어가 사물의 단순한 시뮬레이션이 아니라, 현실의 폐허를 견디게끔 위무慰撫하면서 쓸쓸하고도 아름다운 삶을 견고하게 해주는 양식임을 수일秀逸하게 입증해 간다. '벼랑'을 넘어 '씨앗'을 키워가는 농부의 가장 굳건한 가치가 무엇인지를 알게 해주는 순간이 아닐 수 없다.

5. 시조 창작의 메타적 자의식

서정적 발화는 기본적으로 개별 발화로서 독백적 성

격을 배타적으로 견지한다. 그것은 개별자 내에서 완결된 사유와 감각을 표현하되, 언어 자체에 대한 메타적 자의식까지 포괄해 가는 방향으로 나아가게 마련이다. 윤정란은 일차적으로는 서정적 발화를 통해 자신이 살아온 시간들을 되새기면서, 나아가 자신의 언어에 스스로 회귀 지향의 마음을 꾸준히 부여해 온 시인이다. 그러니 자신의 언어가 흘러온 흔적이야말로 직접적 생의 형식이 되고 서정적 발화의 가장 중요한 내질內質이 될 수밖에 없을 것이다. 윤정란 시조의 음역音域에 중요하게 숨겨진 속성에는 이처럼 언어에 대한 자의식이 가로놓여 있다. 다시 말해 그녀는 자신의 시조에 대하여 일관되고도 견고한 사유를 감행하면서, 다양하게 변주된 시조에 대한 생각을 펼쳐간다. 그것이 바로 '시인 윤정란'의 언어적 존재론으로 이어져 가는 것이다.

이번 생은 호미로
시조탑 세워야지

비좁고 남루해도
맑은 혼이 깃들어

조금만 문을 열어도

세상 환히 웃는 꽃
　－「시조탑」전문

좋은 일이 있으면 나쁜 일도 생기고

사랑에 눈이 멀면 미움 먼저 나서서

속 끓는 사람살이를 벗어나지 못하네

시조도 길이 있어 담금질 계속해야

향기가 우러나는 마음에 스며들어

한생이 빛을 내뿜는 혼의 집을 짓겠네
　－「시조도 길이 있어」전문

시인은 "이번 생은 호미로/ 시조탑"을 세워야겠다고

마음먹는다. 비록 비좁고 남루해도 그 안에 "맑은 혼이 깃들어" 있을 '시조탑'은 "조금만 문을 열어도/ 세상 환히 웃는 꽃"으로 존재하게 될 것이다. 이 시편 역시 '호미'와 '언어' 사이에서 '시조'가 탄생한다는 윤정란 특유의 믿음을 담고 있다. 그러니 '탑'과 '꽃'도 어느새 동의어가 되는 것이 아니겠는가. 그녀만의 시조탑이 앞으로 우리 시조시단을 한없이 밝혀가기를 소망해 본다.

그런가 하면 시인은 '시조의 길'을 현창하기도 한다. 시조에도 '길'이 있어서 담금질을 지속해야 인간사 희로애락을 훌륭하게 담아갈 것이기 때문이다. 결국 시인은 "속끓는 사람살이"를 노래하고 궁극적으로 "향기가 우러나는 마음에 스며들어// 한생이 빛을 내뿜는 혼의 집"을 지어갈 것이다. 우리가 가끔씩 "헛것에 눈이 멀어"(「헛것에 눈이 멀어」) 있기도 하고 "볕 한 올 들지 않는 쪽방에 숨어들어"(「얼음새꽃」) 은둔할 때도 있지만, 시조가 밝히는 "꿈꾸는 대기만성 파란만장 길"(「저녁노을」)이 우리 삶을 가멸차게 생성해 낼 것이라는 믿음이 그 집에서 살아가게 될 것이다.

    사만 틀여나보먼 하늘 감춘 두무바리

말들이 흘러넘쳐 흘리는 동틀 무렵
하나도 붙들지 못한 숨탄것의 목소리

그냥 사라질까 영감의 손 덥석 잡고
미명에 돋는 시어 마음 안에 가두면
파랑새 한 마리 들어 초장 물고 나온다

늦게 만나 끓는 피 달이는 새벽이면
그 하늘 풀어내는 사연도 갖가지라
한 그루 나무로 서서 초록 잎을 내민다
　-「너는 나와 달라서」 전문

　이 아름다운 표제 작품은 "하늘 감춘 두루마리"에서 언어가 흘러넘치는 것을 상상하고 있다. 동틀 무렵에 "하나도 붙들지 못한 숨탄것의 목소리"를 전경前景으로 제시하면서 시인은 그것이 사라져 버릴까 봐 "미명에 돋는 시어"를 마음에 가두어버린다. 그러면 "파랑새 한 마리 들어 초장 물고 나"오는데, 그 초장의 발화를 따라 "새하얀 종장처럼 날아드는 꽃잎들"(「벚꽃」)도 따라 나올 것이다. 그렇게 "늦게 만나 끓는 피 달이는 새벽"에 시인은 하늘 풀어내는 사연과 한 그루 나무가 내미는 초록 잎을 그려본다. 시조를 통한 가장 아름다운 세계를 만들어내는 것이다. 이 모든 것이 '너'는 '나'와 달라 생겨난 일일 것인데, 아닌 게 아니라 시인은 "햇살은 잡히지 않아 묶을 수도 없는데"(「바램이」) 가끔씩 "꽃숲에 드는 날은/ 허물마저 벗어놓고"(「탁탁」)서 "맑은 향기 맑은 혼"(「남명매」)을 하염없이 추구해 가고 있지 않은가. 이렇듯 윤정란 시인은 시조 창작의 메타적 자의식, 곧 궁극적 자아 탐구로 남을 수밖에 없고 심미적 축약을 욕망할 수밖에 없는 자신의 언어예술에 대해 적극적으로 사유해 간다. "원석도 갈고 닦아야 명품으로 사는 것"(「노을 앞에서」)임을 믿으면서, 그 과정을 끝없이 확장하고 변형하면서, 언어의 풍요로운 화첩으로 만든 것이다. 그 시조 창작의 메타적 자의식이 바로 그녀만의 목소리를 한껏 전해주고 있다.

6. 더욱 심원한 시조 미학을 위하여

우리가 잘 알거니와, 시조라는 양식은 말을 아끼고 절제함으로써 '말이란 무엇인가'를 근원적으로 사유하는 예술 갈래이다. 그 점에서 시조는 함축과 절제를 원리로

하는 정형의 언어예술이다. 이러한 언어예술로서의 시조를 쓰면서 언어적 자의식으로 충만한 세계를 보여준 윤정란 시인은 사물 속에서 언어를 발견하려는 존재로 스스로를 이끌어가면서 언어의 도구적 기능을 한껏 넘어서려 한다. 말하자면 언어 자체에 대한 탐색에 공을 들이면서, '말해질 수 없는 말'을 통한 말하기 방식을 추구하는 것이다. 결국 우리는 그녀의 텍스트가 보여주는 전언을 통해 사물의 이미지 뒤편에 꼭꼭 숨어 있는 언어를 들을 수 있을 것이다. 어둑한 실존을 지탱하고 견디는 주체와 그 주체의 경험에 긴장과 균형으로 존재하는 사물들, 그리고 그것들이 아름답게 공존하는 풍경이 말하자면 윤정란의 이번 시조집『너는 나와 달라서』인 셈이다. 그리고 이러한 근원적 사유와 감각을 통해 그녀의 언어는 폐허의 시대를 살아가는 우리에게 높고 깊은 성찰의 시선을 생명의 파동으로 선사해 주고 있다.

대체로 우리는 잘 써진 서정시를 통해, 현실에서는 불가능한 존재 전환을 꾀하게 된다. 그리고 현실에서 벗어나 전혀 다른 차원으로 이동할 수 있게 된다. 비록 순간적이지만 그렇게 새로이 펼쳐진 시공간에서 이루어지는 시적 경험은, 상상적 확장을 통해 다양한 사물이나 풍경들로 그 권역을 넓혔다가 다시 스스로를 향한 회귀적 과정을 밟아가게 마련이다. 이러한 사물과 삶의 유추적 연관성을 선명하게 노래한 윤정란의 이번 시조집을 읽으면서 우리는 다양하고 심원한 그녀의 시조 미학을 만나보았다. 그것은 구심과 원심의 결합을 통해 성취된 균형 감각의 산물이기도 하고, 깊은 음역과 넓은 상상력의 변형적 결실이기도 할 것이다. 이처럼 오롯한 예술적 성과를 담아낸 이번 시조집을 넘어 그녀가 펼쳐갈 더욱 심원한 시조 미학의 세계를 커다란 기대 속에서 바라보게 되는 까닭도 바로 여기에 있을 것이다.